乙未诗稿

陈锋 著

中国社会科学出版社

图书在版编目（CIP）数据

乙未诗稿／陈锋著. —北京：中国社会科学出版社，2017. 12
ISBN 978 - 7 - 5203 - 1360 - 5

Ⅰ. ①乙… Ⅱ. ①陈… Ⅲ. ①诗集—中国—当代 Ⅳ. ①I227

中国版本图书馆 CIP 数据核字（2017）第 273385 号

出 版 人	赵剑英
责任编辑	安 芳
责任校对	李宝可
责任印制	李寡寡

出　　版	中国社会科学出版社
社　　址	北京鼓楼西大街甲 158 号
邮　　编	100720
网　　址	http://www.csspw.cn
发 行 部	010 - 84083685
门 市 部	010 - 84029450
经　　销	新华书店及其他书店

印刷装订	北京明恒达印务有限公司
版　　次	2017 年 12 月第 1 版
印　　次	2017 年 12 月第 1 次印刷

开　　本	650×960　1/16
印　　张	15.5
插　　页	2
字　　数	118 千字
定　　价	58.00 元

代序：我与历史

有没有风
春天都会再来
不早不晚

有没有雨
季节都会更替
寒来暑往

有没有月亮
星星都会眨眼
每分每秒

有没有我
宇宙都会转动
不舍昼夜

有没有你
我的世界
竟会如此不同
一个仅仅是呼吸着
一个是深知为何而呼吸

目　　录

2015 年的第一天

呼吸着 2015 年的空气
思绪却在 2014 年里徘徊

不知是谁等待了谁
谁错过了谁
更不知是谁怀念了谁

阳光直射的芦苇荡
漂浮不定
像去年秋天不曾收割的土地

不知有没有种子发芽

一群巧雀忽而飞起
忽而落下

只为食而生吧

2015 年的第一天
似乎也这样度过

2015 年的畅想

曾经以为
诺有多远
路就有多长

家园里的
细细的耕耘
却抵不过路旁的
曼妙风景

原来路有多长
心就有多远

曾经以为
几分耕耘
几分收获

满眼却是
真实的谎言

怀揣士子之心
做些春秋大梦

一钵净土
两枚梨花

在泛黄的书页中
话天涯

每个人都有等待春天的权利

是春天就要来了吗
去年埋葬梦想的草场
已开出了莹莹的花朵

是春天就要来了吗
本想约好
去打扫终南山千年不化的积雪
凌霄望去
雪早已撤离了战场
留下一汪清泉映照蓝天

是春天就要来了吗
邀好的耕牛已在蓬莱等待
梨花深处开阡陌的承诺
你还记得否

是春天就要来了吗
钟子期复苏
聆听"洋洋兮若江河"

是春天就要来了吧
蝼蛄踩动惊雷
仓鼠轻嗅东风

谁都有等待春天的权利
只要他怀揣着梦想

不要等到来生

是一粒种子
就在天地间顽强生长吧
即便是荒原里的芨芨草
也要迎着劲风
疏理好自己的精神家园

是一颗流星
就傲然划过天际吧
化为陨石
也要汲取大地之灵气
在宇宙间升腾

是一朵浮云
就在终南山顶安家吧
融化千年的积雪
汩汩恩泽苍生

是一枚火种
就在有限岁月里尽情燃烧吧
播撒万家灯火
迎接黎明

是一页宣纸
就依偎大师的衣衫吧
鼓起汗牛充栋的载籍

即使是一只不起眼的促织
也要在每一个月圆之夜
对酒当歌
抒发无与伦比的豪情

人生数十载
轮回不会有
莫等
莫等

光　阴

每一个早晨
我都会在太阳破土而出的地方
系一根红线
希望他能找到回家的路

可每一个傍晚
他都会在大地的另一端安歇

我们抓不住初升的一缕霞光
也就无法挽留余晖的一抹残阳

傲雪争春（二首）

其　一

盛雪压冬枝，
红梅枝头闹。
不为春已晚，
只怪枫叶俏。

其　二

瑞雪映红梅，
枝头无限娇。
仪态自绰约，
风骨胜二乔。

雪往春来

一夜梨花开满树，
两朵腊梅俏枝头。
三颗红豆思相知，
四面春风润神州。

明日春即来

切开冬的脉搏
寻找春的气息

西风已经流尽
唯有冰的躯体
直面
休养生息的大地

无需呐喊

尽管
风仍凛冽着

却阻挡不了
生命的回归

立　春

只要轻声呼唤
你的名字

春
就破土而出

在大地上站立
在田野里嬉戏
在树梢间写意
以绿的名义

甲乙丙丁
子丑寅卯
二十四节气

古人是更加聪慧的

他们感知
自然的神秘和无穷

怀着敬畏之心
去探寻
而非征服

雨　水

在雨水里酣睡
爆竹喧闹后的片刻宁静

梦见雨滴
在大地上编织浪花

泥土苏醒后
迫不及待地吮吸

今年春节姗姗来迟
雨水却如期而至

春　节

给相聚找一个最好的理由
却发现
结果远不如
在路途上期盼来的欢愉

这种故事年年都会发生

亲情就在无尽的罗唆中
拉近或走远

亦如
悄然而来又无声逝去的春天

乙未元日

余出生于乙未三月初一，如驹过隙一甲子，感慨系之。

乙未元日六十春，
失之桑榆不可问。
惟愿留得三五简，
三思九省常自新。

大年初一的第一缕焚香

大年初一
向西
焚一枚香

不是
为了祈祷
而是请佛读懂
你的心语

所有的念想
从昨夜的酒醉梦魇中
抽出

在丝丝缕缕的烟雾里
飘摇
如灵魂一般

大年初三的始祖鸟

今天
是农历大年初三

人在喧嚣里微笑
心却在寂静里
游走

终于看清
你已是一只远去的
始祖鸟

将一切往事
离落在幽幽的南山中

既是一只始祖鸟
无根

无缘
又为何歇息在梧桐

姑且
让她自此独听雨
不闻飞翔声

无意春再来

花儿
就要开了
却总想着
如何离去

不是不想
把绽放挂在枝头
是心已沉寂
冰释的湖底

珞珈之惊蛰（二首）

其 一

苏醒的梧桐
含苞的樱花
振翅高飞的倦鸟
蓬勃升起的朝阳

怀揣梦想的莘莘学子
一脉珞珈的惊蛰之光

今日惊蛰
唤醒
传统文化的复兴
幽幽
绵长

其　二

远远的
春雷乘着昨夜烟花的余温
唤醒蛰伏一冬的精灵

是否唤醒
孔夫子的周公之梦

想起樱花

穿梭在清晨的车流中
无意间抬头
昨夜相对的月亮
还在树梢间凝望

于是
心跳放缓了
该是去赏樱花的时节了

樱花初开遇雨（二首）

其　一

樱花初绽遇雨君，
半是羞涩半撩人。
待到天霁灿烂时，
落英何处不缤纷。

其　二

珞珈春雨细如丝，
碧瓦红衣花参差。
老斋舍傍樱花道，
谁说僧俗不相依。

附：李寿昆先生和诗

其　一

含苞初放又逢春，
一树春黛真撩人。
待到樱霞灿烂时，
人花相依两缤纷。

其　二

春雨如酥细若丝，
滋润万物不语迟。
珞珈山中樱花道，
莘莘学子两相知。

蓝天下一株静放的白樱花

天
是那么高远
蔚蓝

映照着
一株静放的白樱花

谁也无法断言
是樱花攀附了蓝天的门第
还是蓝天攀附了樱花的情感

如徐志摩与张幼仪

斯人已逝
唯有樱花
纯洁着

笑对长空
在读懂她的春风里

往事不再来

浅风
吹过揉碎的光阴

一具
放浪的形骸

在东湖边行走
抑或行吟

走着
走着
樱花就盛开了

你在珞珈山上
眺望

屈子是否来过这里

那无法穿越的
憧憬

樱花的档案

忽然想起
昨夜
梦到的樱花

依然在今晚绚烂着

夜
很静

似乎
我在前朝的碎片中
穿梭着

找寻
樱花散落凡间的档案

默

梦着
梦着
就坐化了

把轻风捻成一脉
青烟

在菩提下
默禅

走着
走着
就疏远了

把浮云剪成一团
缠绵

在众生中
羽化
成仙

织着
织着
就做茧了

银丝释放了
流言

飞
是离巢的
变换

盼着
盼着
日子就短了

把岁月俘获在
眉头

凝结

万象一泓

在沉默中思想
在沉默中禅变

默
不一定是无言

春　分

月上东湖
樱花定格在静婉

今日春分
北归的太阳
将你我分成了两半

一个在春风里寂寂无声
一个在秋日里锤炼经纶

一生难得相见

春天来了，我想在
后院种株蔷薇

春天来了
我想在后院种株蔷薇
看着她
花起花落
满院纷飞的弥香

春天来了
我想在后院种一株蔷薇
世界真大
我愿锁定青春浮华
在花下入眠成泥

春天来了
我想在后院种一株蔷薇
小小的花蕾

是破碎的梦境

在光阴间
起起伏伏
随风而逝
却留香久远

春天来了
就在后院种下一棵蔷薇吧

一边是为了忘却
一边是为了纪念

无　言

2015 年 3 月 24 日
清晨

风很静

挖出早起的
太阳

春光
就在路上

大多数的光阴里
我们都照着自己的
影子

孤独就时时写在

墙上

也是那样的
静美

一枚离落的桃花

微笑为何
能与晨曦一起醒来
虽然还留有昨夜的阴霾

彷徨为何
银杏就要复苏
韶华却要缓缓睡去

哀婉为何
饮水弹指词犹在
纳兰贞观已远去

欢欣
落寂
终如那枚离落的桃花

如果桃花终将老去

如果桃花终将老去
你是否还珍惜她
残破的情怀

捧起满是皱纹的脸颊
如同
她从未失去鲜活的身姿
又或者
携一枚飘零的灵魂
放在贴心的衣袋中
守候
直到生命不再跳动

如果桃花终将老去
你是否会是那一眼涓涓的清泉
载她到桃花源头

自此
不知有汉
无论魏晋

如果
桃花就这样老去
如果
桃花就此
碾做尘泥
如果
你转首恋上
俏满枝头的梨花
你会看到
桃花还在轮回里
含笑地
等

何奈花落去

细细数来
日子
就像昨夜的樱花
在今日的晨光中
离离落落

明年再登场
便已不是从前的你

斜风来
淫雨去
只不过多了一些
凋零的
看客

惜·春

迎春花里百合香，
和风细雨任徜徉。
又是一年青满地，
东湖浪里锁韶光。

禅·春

寺外梨花傲春枝，
东风拂面燕先知。
湖泊浅处鱼闲走，
海宝塔里拂禅衣。

梦·春

塞外桃花三两枝，
春风归来燕衔泥。
春秋古国何处寻，
九曲长河梦故里。

叹·春

桃花萧萧满地魂，
羌笛声声无处寻。
不是春光无限短，
只怨春来未惜春。

梨　花

昨晚
梦
一夜梨花

清晨
芳草依依
落花成冢

念春
惜春
只在
一念之间
苦短一生

春夜梦梅

昨夜无声雨，
清风揽入怀。
忽闻犬吠声，
几缕香袭来。

乙未的第一场大雨

乙未的第一场大雨
落在清明的眼泪中

不仅仅是祭奠
曾经鲜活的逝者

不仅仅是纪念
如火的青春秋霞

更是为了
如雨水般
将要蒸发在空气中消散的
激情

清明（二首）

其 一

在花开的时节
纪念

在纪念的时节
播种

在播种的时节
挽歌

挽歌
不是为了忘记

而是为了

重生

其 二

万物洁齐，
气清景明。
寒食禁火，
插柳踏青。
介子丹心，
重耳贤明。
宛若节气，
千古传承。

南国往事

花落花飞春已暮
暖风东下
唤醒梧桐树

倚窗斜望
繁星点点
残阳在归路

谷雨（二首）

其 一

浮萍生东湖，
布谷唤珞珈。
戴胜醒梧桐，
无人惜落花。

其 二

谷雨日
请赐给我一片草场

一半
流放
谷雨里
仓颉的千年孤独

一半
牧养
插翅的白马
在淫风斜雨里
逃亡

大蒜开花

有人见过大蒜开花吗
我是见过的

我切她时
她开花刺我的眼睛

我养着她
我相信她能开花
就仿佛她是水仙

她于是从叶疯长成苔
苔越来越粗壮
顶上挤出花蕾

散开
像成熟的蒲公英

忽然就从梦中醒来
昨夜新种下的蒜苗
被窗外的路灯打成一束剪影

"我会开放吗"

一声叹息

不知是我
还是蒜苗

我们在流年里看风景

栀子花的清香
还在清晨的细风里
弥散

你就错过了
那盏留守的灯火

我们还在流年里看风景

只是
风景里
少了你

暮春的草场

你是否还记得
那年暮春的草场

初升的朝阳穿过
你新沐的发际

艾草的清香
满地金色

白马从天际疾驰而来
一路飞花

还没来得及牵住你的手
你便化做雨后的那道彩虹

远远地
远远地
挂在
我思绪的尽头

立　夏

站在春的末尾
咀嚼槐花的弥香

厚装褪去
不畅也随着剥离
还原赤子的欢颜

立夏是一个季节
也不全是

黄 金 地

与麦浪一起起伏

我是去年秋天
被遗忘的一粒种子
生长着

不是为了存在
只是为了去年春天的诺言

她在西风风中
飘荡

孕育·小满

剥开墨夜的壳
晨曦在里面发芽

揭开败落的荷
莲子在里面生长

天地间
阴阳守恒
此消彼长

已是小满的节气
苦菜秀
靡草死
麦已熟
枣花黄

芒 种

天
高远去了

心
却跌落了下来

不为秋籴春粜的农者
只为无处收获的锋芒

端　午

日中天，
赛龙舟。
饮蒲酒，
唤女归。
浴兰汤，
佩豆娘。
避五毒，
闻粽香。
思屈子，
念子胥。
祭子推，
唤曹娥。
忆春秋，
士滥觞。
忠孝宣，
传统倡。

端午·抑或遐想

风
在林间肆虐
云
在半空翻滚
惊涛
拍打着堤岸

一尾灵鱼
身长百尺
跃起千丈
载屈子
行吟于东湖

夏　至

正午的太阳
在北回归线上徘徊

滚滚的长河
无法挽留她
南归的脚步

她也想
就这样任性的一路向北
在漠河之上
融化千年的雪国

在北极之巅
释放济世的能量

但这只是昙花一现的痴想

她只能在既定的路线上
来来回回

夏至是她的北上之极点
秋分是她的南下之极点

她的自由就是世界的颠覆

就像我们每个人的
人生轨迹

脱离羁绊和束缚
便会落入另一个
围城

栗色青春

曾经怎样挥霍
翠色欲滴的岁月

在夕阳如血里打捞
无法尘封的往事

悲戚抑或欢喜

蓦地回首
我早已在太极无为中
隔岸观花
你却在羁绊的陈年旧事里
故步自封

我们或许只是
栀子花香中

方向不同的两条直线
偶有交集
最终却各奔东西
恍若栗色涂染过的
青春

乙未仲夏武汉之大雨滂沱

从未想过
汉正街可泛舟
珞珈山可观海
地铁里可挂瀑布

不仅仅是厄尔尼诺
可以让你感受
大自然的真相

一个人的世界

天
是那样的高且远
一剪浮云

端坐
我携着影子
行走
绝地生花
无处不在的奢华

品味普洱

我因为丢失了睡眠
便想在普洱这里寻求帮助

夜
静极了
我听到兰花生长的声音
听到楼板间的呓语
却听不到自己的心跳
他弱极了

普洱
面相土土的
味道刚开始也土土的
像是从地底新挖出来
而非采摘
然后

才是从舌尖到嗓根的厚醇

我喝着普洱
普洱却品着我

我因入世的纷乱
难以入眠
普洱却自我着
貌不惊人的
愈久弥香

天　鹅

　　《天鹅》是法国钢琴、管风琴演奏家及作曲家夏尔·卡米尔·圣桑所作《动物狂欢节》中的一章。圣桑命运多舛，多有非议，但五十多岁依然创作如此圣洁的曲调，再由理查德·克莱德曼圣手演绎。沁人心脾。

在碧波上舒展
在清风里回旋
在静湖中曲颈

无需看客
在演绎优雅中
独自欣赏

来自灵魂深处的自我
原来我不是我
他亦非他

安德烈·波切利《圣母颂》

是见不到
世界的污浊吧
才可传递上帝的
天籁之音

心灵的光明
是灵魂有可居之所
追随你的余音
放弃所有欲望的原罪

舒伯特《圣母颂》

就在夏天里
倾诉吧

所有的心绪
在琴弦里
流淌

如水一般

所有的心绪
在琴弦里
蔓延

如丝一般

划过夜的黑

点亮多少
不眠人

角　色

打开窗
本想迎几缕阳光进来
却不曾想跟进一撇浮云

阳光已顺风而去
流云却挂在窗棂

我说
是时间回家了

飘累了
想歇歇
哪怕是转息之间
她回答

原来束缚也被自由向往着

情感的守恒

我知道
我们再也回不到从前
就像我们再也看不到
彭阳的梨花耕牛

雨滴扑向大地
是大地对她的吸引

如果没有了情感
她也会升华为蒸汽
投向天空的怀抱

我知道
我们已回不到从前

微笑的空洞

游离的目光

情感如能量
此消彼长
处处守恒

东 方 山

　　东方山，在今湖北省黄石市，海拔高度 475 米，正所谓山不在高，有仙则灵，号称"三楚第一山"。据说西汉时期的东方朔曾在此结庐隐居，山亦因其姓氏而得名。

　　　黄州有山东方山，
　　　弘化禅寺越千年。
　　　嫩黄朱红春仍在，
　　　犹忆结庐初炼丹。

路过宝刹

焚香
不是为了祈求
神灵已被太多的欲望惊扰

缕缕烟丝抽走理不尽的忧思

合掌
不仅仅因为虔诚
是给重负的自己
留下短暂的空白

缓步登临
不是为了超越
而是感悟自己的卑微

走出

古刹还是古刹
佛还是佛
我
俨然不是了自己

交响乐与臭豆腐

有人在欣赏完交响乐去吃臭豆腐的吗
我是见过的了

拂过幽雅的天鹅湖
掠过蓝色多瑙河
跳跃激情的波尔卡

街边来几块现炸的臭豆腐

施特劳斯笑了
老柴蒙了
比才看乐了

国人可以如此自在
品味
是一种生活方式

与阶层无关
不可模式化

随心所欲
顺其自然
乐活生活
活给自己

上帝的悖论

您说
既然无话可说
那就可以谈谈天气

我说
今后不会再有暴风骤雨
也不会有笑靥如花

您说
婚姻是一块跷跷板
没有孩子做中轴
就永远难以平衡

我说
孩子岂不成了婚姻的砝码

您说
人大多靠回忆过活

我说
回忆越多记忆就越少

您说
多付出吧
不要想着回报

我说
那我们不都成了您啊

我的上帝
那世界岂不乱套

心静如兰

我的书桌上有一盆兰花的
在每晚静坐时
我都与她静静地对望

她是那样的娇嫩
慢慢地舒展枝叶
缓缓地打开心扉
柔柔地抖落露珠
轻轻地抬起头来

忧郁的面庞
叹息的目光
欲言又止

当我们潜心打坐
就会与兰花相遇

她是我们最柔弱的自我

忘我
无我
真我
皆在打坐之间

大梦先觉

与晨曦一起醒来的
除了黎明
还有梦境

昨夜与太史公聊的太久
回到现实
就变得无语

只有窗外思考了千年的银杏树
婆娑娑
读懂你的心事

来无往
归何处

距　离

在地下看着飞鸟
那样自由无边
在湖边遥望天鹅
那样婉转悠然

枯木间
徘徊的明月
小憩云里面

白马王子与灰姑娘的故事
永远都结束在婚礼上
没有人知道浪漫到底有多远

很想
就这样驾着舴艋舟
在瑶池的尽头等你

但就怕
得到也怅然
倒不如在记忆里永久的思念

很想
在老庄的故里
久久地长坐
才知心如止水
远比杂念横生来的艰难

很想
一切顺其自然吧
才知风还未动
心已荡然

人与人
风与风
物与物
都要保持距离
便是美好的

呓语（二首）

其 一

我问你
天冷吗
你说有你就不冷

我问你
路远吗
你说没你就很远

我问你
永远有多远
你说就在我读你的目光里

我问你
忘了我有多难

你说比忘了我自己还难

心中有禅
事事皆不同

其 二

忽然就觉得
困了

不是被倦意埋没
而是有了做梦的
冲动

阳光四射
谁是光阴的
舞者

风在等待
谁是
你眼角里
肆动的波澜

穿上
暮色的衣衫吧

从此隐身于闹市之间

清晨偶记

清点岁月的肥瘦
竟发现
书籍越来越厚
情感越来越薄

肩膀似乎坚实的
可以撑起天地
心灵却脆弱的
不堪承受
眼神冷酷的
轻轻一瞥

孰是孰非

幸与不幸

幸与不幸
其实就在一念之间

你觉得幸了
生活揉搓的乱麻
也会是洞庭里浮萍上的细藤
柔蔓多姿

哀与不哀
也是在一念之间的

你觉得哀了
一草一木都在春天里生着怨气
你觉得不哀
寒风里瑟瑟的梧桐
也是顽强挺拔着的

走与不走
也在一念之间

心在
身在千里
也会两两相依
心不在
近在咫尺
也不如空气存在的清晰

邂　逅

忽然一切都停了下来

鸟儿忘了飞翔
风儿忘了游荡
空气忘了呼吸
流水忘了赶路

只因为你的到来

阳光下的青鱼

在生活的溪流中
我们都是一尾知道由何而来
却不知去往何处的青鱼
顺着命运的波纹而下

知音是岸上怒放的烟花
诺言在风中飘零

如果贪恋
岸上美妙的风景
竭力挣脱水的束缚
便成为阳光下
无法闭目的
一位亡者

却不知为何而终

酒水（二首）

其 一

酒水
发酵的粮食
人们在盈余后
寻找的刺激

不是为了作乐
而是为了解脱

其 二

小酌
痛饮
在畅快中
醉掉所有的细胞

醒来
返回现实

敬　畏

仰望天空
不是因为探寻
而是敬畏于他的无穷

亲吻土地
不是因为眷恋
而是虔诚于她的博大

翻阅史书
不是因为学问
而是惊诧于它的轮回

人
生于天地之间
却大多如蝼蚁般

无　题

蓦然
就倦了

有力的飞驰
无力的征途

皇城根下的一场误读
寄挂在北海
那尾丧失自由的灵鱼身上
从康乾游弋至今

喧嚣尽处的片刻寂静
在空中划了一个缘

落　日

今天我看到了落日
一把柔光
紧紧锁住视线

就要离去的太阳
与以往
没有什么不同

只是
终于遇到了
时光穿过
静止的脚步
和无处安放的
迷惘

很想

在余晖里默默地 彳亍
却不愿看到
洒落在天边的
豪语壮言
已被光阴撕扯的
支离破碎

傍晚
与夕阳
一起安睡

读　书

　　湖北省《全民阅读促进办法》，日前经省政府常务会议通过，得以颁布实施，这是国内第一部阅读立法，意义深远。余曾参与其事，颇感欣慰。

惟书有华，
过乎百卉。
芳园撷英，
有韵有味。
朝花夕拾，
有识有睿。
博览群书，
清雅高贵。

书譬乎舟，
可渡弱水。
游于书画，

熏染陶醉。
游于辞赋，
俊逸欲飞。
游于政书，
可怀矩规。

书譬乎药，
善服无悔。
穷本溯源，
小处立锥。
去粗纳精，
知音解味。
厚书薄读，
通达智慧。

霾

霾
是一种遮掩
我们与蓝天难以相见
只是附着其上的现象
工业文明屏蔽了农耕文化

霾
是一种透支
我们消费了子子孙孙的 GNP

霾
是一种博弈
发展中国家是否
愿为发达国家的发展史埋单

霾

是人类欲望的异化
获取越多
占有欲越大

霾
最终
是大自然的警示
地球不会消失
只有物种在
自生自灭

云

看到一片云
便怀念一个人

云
从天边飘走了

人
却沉到了心底
无法再抹去

日子
一天天走过去

有时
像沸腾的火焰

有时
像行将槁枯的灯芯

抬头找找
那片云

太　极

太极夫如何，
阴阳汇苍穹。
高山戏流水，
百鸟唤春风。

立　秋

乙未立秋之日，恰在中国第一历史档案馆查阅清史档案，每日
早晚沿护城河步行，偶有感慨。

　　只是西长街的一枚槐叶
　　从百年的树梢无声坠下

　　秋
　　就立在了皇城的尽头

　　崇祯由检的遗憾
　　还在盛夏的景山上游荡
　　亡国之运的宿命
　　却早已在落寂的秋风里
　　悄然而至

　　每日

我都在紫禁城的护城河边奔走
穿过秋的眼睑

摩肩接踵的人们
窥视到帝王的隐私而唏嘘

我却打开昏睡已久的往事
与传统社会末日进行着
最直接的对话

乙未立秋
我收获了
帝国的心脏

秋　雨

一场秋雨
就划开了夏与秋的界限

几度春秋
就诠释了生命的斑斓

我们在岁月里徘徊
却不知梦已阑珊

彷徨
不问归路

捡拾
光阴的碎片

无法拼凑
记忆

梵高的麦浪

听说
今天梵高要来收取麦浪
我便早早在阿尔等

梵高没有来
乌鸦也没有到

只有瓦兹河上
旋转的星空里
有他的眼睛

去　暑

沥沥小雨拂蝉噪，
昨夜研史得新考。
月半酷暑随风去，
且待枫叶染新娇。

七夕·化蝶

隐隐的痛
从做茧的当年
就细细抽出

话别的桥上
喜鹊已编织了彩色的梦

牛郎
却留恋在天庭
反而
抛弃了情与欲的坟茔

山伯与英台
七夕共做蝶
起舞

不做茧
不成活
难入禅

一言难尽

不知秋已经来了
只感到阵阵寒意

大地
收藏了迟暮的落叶
苍穹
怀抱了南归的大雁

就连片片芦花
也互相偎依着
在晨风中
低吟浅唱

收获的季节
没有人在金色的麦浪里
留意你

遗落在蔷薇树下的
泪光
和无处躲藏的
迷惘

秋来秋往

在每一个
秋的深处

都会
藏着一枚红叶

飘零着
不是为了
归宿

而是
寻找
另一枚
挂在枝头的承诺

乙未叹秋（二首）

其　一

总以为
日子有多长
念想就有多长

春的波涛骇浪
到了秋
就成了一汪死水

昨夜
还在树梢中欢歌的金蝉
却只剩一副躯壳
魂灵何处安生

日日细数光阴

多少哀伤
多少愁怨

到最后
都在乙未的秋风里
打成一个结

挂在
额头

其 二

乙未的秋天
大地张扬着最后的
流金岁月

肖邦的交响曲
密密斜斜的编织着
一场酣雨的淋漓

梵高的麦浪
在骤风中低垂

没有人能知晓
被收获的痛
由根而生

乙未的秋天
在银杏树下
倾听
叶与叶的别离
根与根的背叛
没有什么
与众不同

在流年里放歌

我看到风
在流年里放歌
举目四望
苏武的草场
汉疆在无尽地疯长

我看到雨
在流年里放歌
曾侯乙的编钟
十二个音阶
激起战国百旗飞扬

我看到银杏
在流年里放歌
理想奔赴在路上

白露（二首）

其 一

本应
在黑暗里生长
却挣扎着
迎接黎明

朝霞披在了身上
却丧失了
魂魄

其 二

收集大地一年的忧伤吧
在秋天
凝结在草丛间
在朝霞里

淡淡地散去

就像
在春天里发出的
海誓山盟

茶卡白露

　　乙未白露时节，恰在青海茶卡考察。茶卡者，藏语音，盐湖、盐池之意。汉语称"茶卡盐湖"。湖水之下，盐花可见，劲风吹过，盐波潾潾，蔚为壮观。沿海之诸海盐，河东解池盐，陕甘花马池盐，均未有如此得盐之易，成盐之速者。

　　　　劲风萧萧湖水寒，
　　　　波起波平水成盐。
　　　　一望无际皆白露，
　　　　百花凋残盐花艳。

青 海 湖

武汉市政府文史馆、参事室组织考察青海，与何祚欢、孔可立、王心耀、严其昌诸先生同行，谈史论事，收获颇丰。青海湖畔，心旷神怡。

青海湖水碧连天，
日月之镜映苍山。
文成公主妆容在，
民族融合越千年。

致珞珈山的桂花

秋来丹桂发，
春去樱花云。
劝君多折桂，
香陨化秋尘。
东湖多小舟，
珞珈多桂荫。
风冷叶更碧，
霜凝香沁魂。
不觉长夜苦，
游子月下吟。

秋 分

秋分时节，在秭归考察，感慨系之。

天高水阔日夜半，
金桂银桂香飘远。
秭归城中忆屈子，
半是忧愤半悠闲。

寒露（二首）

其　一

昨夜梦到霜降
便在破晓的晨辉中
瞥见一枚寒露
蜷缩在窗棂

是在盛夏的激情里
耗尽了最后的热烈吧
那样无力绵软

是在秋天收获的喜悦里
离落了最后的欢颜吧
那样寂寂无声

是参透了人间

悲伤抑或欢喜吧

洗净尘世之浮华
晶莹剔透里
得道

重返自然
处处无我
处处有我

其 二

风过鹤声起，
叶落秋意浓。
晶莹聚残荷，
须臾叹长空。

霜降（二首）

乙未霜降日，在河北师范大学参加"明代的府县"学术讨论会。赫治清、商传、柏桦、万明、戴建兵、郭沂纹诸学者与会。

其 一

猎猎枫叶似着霜，
冷风习习见凄凉。
纵论明清府县事，
不觉秋深夜已长。

其 二

是乙未春晓的
一滴眼泪吧
徘徊在秋末的
眼眶

今天

跌落下来
就凝成大地
白的衣裳

愿望
还没来得及设想
呐喊
还没来得及释放

就在秋的沙场上
黯然褪去

一切
激情四射
愤懑悲凉
都将尘封
在
冬的死寂中

等待
明春的第一声
杜鹃啼血

超 越

一束暖阳的
静坐
秋叶在风中凝成
禅意

无需善男信女

你就是
唐朝的一面旗帜
在贺兰上的积雪里
穿越

苇·花

飘逸而不张扬
曼妙而不轻佻
身子是柔弱的
根却深深地扎在土里
韧性的紧

芦花
非花胜似花
在轻歌里曼舞

风
是你的方向

在东湖边飞翔

种子

带你游走四方

春的节节
夏的锋芒
都凝成
秋的
多姿风情

在叠翠流金中

喷涌
怒放

如果风要走，请不要挽留

如果风要走
请不要挽留

他已在你的指尖
划过

他已在你的发际
掠过

他
已在你的心头
袭过

你动了情
他却已没有了踪影

再温暖的巢
也容不下风儿放浪江湖的
秉性

风儿要走
请不要挽留

峰回路转
沧桑阅尽

青鸟
幻化成人
菩提
映照着禅衣

你们或许
会在樱花的笑靥里
重逢

立冬（三首）

乙未立冬日前连续在河北师范大学、南开大学、中央财经大学参加"明代的府县""中国史上的日常生活与物质文化""18世纪以来货币金融变迁"学术讨论会，并分别做主题讲演。立冬日又赶往昭君故里湖北兴山县参加"昭君文化论坛"，并做《昭君史迹的文化思考》主题讲演，因为非专业所长，又难以推辞，勉力为之。

其 一

一条香溪一缕魂，
半山丹枫半山翠。
漠北青冢雪已封，
再论昭君事已非。

其 二

今年的立冬
与以往没有什么不同

只是马路上多了一个
身影
她执拗地拽着秋的
尾巴
不让他离去
却不料自己早已
跨进了冬天

其　三

最后一场秋雨
过后
冬的寒意
就阵阵袭来

我们站在岁月里
看着光阴的交替
却无法挽留
最后一枚红叶的凋零

就像我们无法阻止
曾经多么鲜活的情感

在冬的寂寥里
瑟瑟发抖
冬天已经莅临
如何经得住考验

冷·雪

冷
是冬的滥觞

一粒雪
孕育
或冰封了
丰收的眺望

小雪（二首）

其　一

真想就这样
沉沉地睡去

像回到母体中一般
安详与静谧

记忆
也被窗外的白
抹去

一切
都未曾相识

一场小雪

一次轮回

其　二

你在我的窗前
挥手点头

如甲午一般

没有人会像你一样
信守诺言

去年我就有个念想
在雪开花的时候

放鹰台上
抚一曲白雪
唤阳春归来

今朝雪又再来

绿琦已逝
相如，文后安在

不见凤求凰兮

唯有雁落平沙

长河东去

注释："绿琦"为司马相如所用之古琴名。"文后"为卓文君。《凤求凰》《雁落平沙》或《平沙落雁》，皆古琴名曲。

大雪（三首）

其　一

每个人的一生
都会与一场大雪相逢

来时
那样纯真
洁白覆盖大地苍生

去时
却又污秽横流
风骨尽失

不是大雪
有多么白
是我们被自己的眼睛

戏弄

真相往往更让人
撕心裂肺

其　二

今年的大雪
无雪

北风被珞珈的山脉阻挡

阴雨绵绵

从庄子中抽出秋水
与夏虫语冰
与曲士语道

不若犹小石小木尔
匿于山间
伴君复
宠梅妻
恋鹤子

不亦悠哉

其 三

大千成大同，
浮华皆化无。
一朝入空境，
无途亦万途。

安德烈·波切利之雪

大雪夜，静极，聆听安德烈·波切利《无尽的吻》。

无尽的吻

唯有
你的吻
可以拂去
大地眼睑上的泪痕

世界如此污浊

生命不过是一场
安德烈·波切利之雪

每一片雪花
都是一个洁白之吻

无尽的雪
在空中飘荡
遮蔽世间污秽

哪怕圣洁只是一瞬
就如安德烈·波切利
天籁之吻

不要
在雪中驻足迷惘

当你
被一场大雪掩埋
竟是多少个花梦的
无常

就要是
春暖花开日
冰雪解冻时了

155

冬至（五首）

其　一

2015 年的冬至
雾
刚消散
霾
却又上心头

星星在看着我们
我们
却无法看到自己

不再期待的春天
淡淡的幸福
还在家园里飘散
我们已陌如路人

三九过后
天就暖了
年年一个轮回

心冷了
却再也无法
复苏

其　二

冬至
我踏着最后一缕余晖
迎接从回归线北上的太阳

宇宙里没有方向
我嗅着春天的气息向前

冬至
冬将遁去
春之将至

其　三

冬至

值得做一场酣梦

在梦里
听到东风和西风的对话

他们说只要你愿意等
石头也会在哪个春天里开花

其 四

每一年冬至
我都会准备一碗水饺
把对寒冷的恐惧都包裹起来

每一年冬至
我都会写一篇祷文
颂给逝去的亲者
即使聆听的只有自己的心灵

每一年冬至
我都会焚一炷酪香
在袅袅熏烟里想象似有非有的神灵

今年
我在珞珈的冬至里
却无事可做
或无事需做

就这样眺望着枫叶阑珊的东湖
扬起一叶孤舟
跋涉

冬至也可以如此恬静
我们在形式中不断追逐
却对无处不在的心灵享受视而不见
就像我们一生都在保持婚姻的天长地久
却忽视了
执手可得的幸福
我与珞珈一同度过

其 五

冬至冬至，
安身静体。
边塞闭关，
百官绝事。

水饺汤圆，
天人合一。
昼短夜长，
阳气初起。
且耐严寒，
且候春机。

冬至冬至，
沐浴更衣。
鼓瑟钟笙，
至尊天祭。
鸡羊果蔬，
百姓家祭。
接续传统，
仁孝礼义。
知所行止，
天地正气。

小　寒

一年中
最冷的一天
我与我的影子行走

风是一把利器
从头彻尾地撕裂

走着走着
就走到了天地间
放眼四野

大　寒

最寒冷的
不是
落水成冰
飞雪成瀑
而是从云端
坠入谷底的刀锋

在一年中
冷的极限里
叹腊梅争春
怎一个"羡"字了得

我 与 我

已经很久了
都没有自己和自己这样对坐着

原来放松是如此简单

就像窗外的飞雪
怎样的婀娜飘摇
晶莹剔透
最后都会化为乌有

洗　礼

冬日
我都起得很早
不是为了催促太阳
而是追赶早起的时间
就这样迎着东方淡淡的云霞

走着走着
像等待赤子的诞生
抑或重生的自己

每个清晨
我们都如赤子般

傍晚却落满尘埃
无尽的洗礼

今年，我喜欢冬天

不知为何
今年
我喜欢冬天

冬天的日子短短的
冬天的太阳短短的
像被剪掉了一块记忆

冬天
一切真的假的
都早早掩藏在黑夜里
不用劳神去分辨

冬天
厚厚的衣衫
包裹住个性

不用担心别人的指点

冬天
如果有雪
就有一百个理由
撒野

冬天
有好的理由
可以早早回家
可以早早躺在床上假寐

直到那个冬夜
雪花纷飞
我梦到了春花

我才明白
我爱这个冬天
是爱
蛰伏于今冬
憧憬着来春

京城小聚杂谈

岁末，借在北京参加九三学社第十三届中央委员会第三次全体会议之机，先后与郭沂纹、田森、信君、赫治清、陈桦、倪玉平、张岩诸师友同道聚谈。席间由拙作《癸巳诗稿》之咏砚台、古玉、鼻烟壶诸篇，论及收藏及物质文化研究。

国人向来重收藏，
书画古玩多徜徉。
瓷器玉器青铜器，
笔墨纸砚入杂项。

藏家自夸眼力好，
专家话多无文章。
假作真时真亦假，
纷纷扰扰呈乱象。

收藏本是藏历史，

物质文化应考量。
唯愿吾侪多努力，
边走偏门边开疆。

古　玩

珍藏

今朝
持之在手
明日
却另易他手

佳人
红粉
曾经的
年少轻狂
痴迷妄想
如今都随着风儿
飘荡

谁能解忧

何能消愁

忧
是不能明了世间
你是唯一
独处是必然
何必强求

愁
是在历史的宇宙中
谁都是星星然一点
又何必在意陨落的
先后

把玩古玩

把玩古玩
不是为了获得财富
而是沉浸在他们的时代中
忘乎自己
释放心灵

一处时光的院落

我总想
有一处小园子
或者
一个小小的藏馆

把揉碎的时光
铺洒在
小花翠草间

那里已安放了
许久未曾开启的
珍藏

躺在阳光下
斜视
流言在和风里

飘摇
欲望在漩涡里
沉浮

仰望
古玩和真爱
在黑暗里
闪烁
在诗经里
雅颂

过往的自己
在泛黄的书页中
挣扎着讲述
一个又一个
故事

人
不过是一枚
萤火虫

怀揣着
燃烧世界的

梦想

却只有
仅能照亮自己的
微光

我愿是你收养的一尾小鱼

——春秋鱼型玉佩自述

我来自悠远的春秋
无意之间遇到了你
我愿是你收养的一尾小鱼

你欢喜
我就穿上红衣裳

你哀伤
我就穿上灰衣裳

你在寂寂的黑夜里
沉默无声
我就在水里吹着小夜曲

你在暖暖的朝阳里
懒懒地醒来
我就为你梳理每一缕晨光

即使
整个世界都背弃了你
我也会在时间的尽头
等待着你

即使
最亲密的人误解了你
我也会在最后的霞光里
注视着你

没有
身归大海的志向

没有
遨游太湖的向往

没有
穿破俗尘的念想

没有
云游天际的奢望

我只是想
游荡在你的目光里

做那尾你收藏的小鱼

星空·鸟语

——叶仲三内画鼻烟壶

浓缩
星空
鸟语
姹紫嫣红

人间的表面繁华于外
触手可得又转眼即逝

宇宙的空灵于内
仅容管窥
不可触摸把玩

心无旁骛
方可慧心妙手

绘天地
于方寸之间

两面人生

——马少宣内画左宗棠肖像鼻烟壶

曾经怎样的
叱咤风云
倜傥风流
不可一世
如今都锁定在一面琉璃的背后

默看
世间百态
芸芸众生
淡泊不语

每个人都会成为历史
但再也不会有人
被画魂

被定格
被升华
如你们一般

非遗被遗
风云人物常有
马少宣不再来
历史背弃了
他的雕者

唐·玛瑙平安扣（二首）

其 一

五彩斑斓
或许是女娲补天的彩石

不敢久久地凝望你
怕深陷在你的朝代
再也无法苏醒

无法苏醒也好
只是魂儿再也拉不回来

你是一团沸腾的岩浆
在盛世里喷涌

如今浓缩成一环火种

静候隔世曙光
再回唐朝

其　二

将千年的一朵五彩云霞
掬在手里
她就化作了你

我用一缕红线牵住你
你却牵住了
我的一生

犀角如意

怀揣着你
就憧憬着
如意

生命的消散
一个肢体
在流年里
蔓延

我从你的眼里
阅世

婉转流离

你却梳理不了
我心中的迷惑

沧海桑田
有多少
如意
不如意

木·鱼·扇

灰色调写意
缓步铺陈游鱼之形态
几缕墨线白描
勾画冷眼
风骨

三尾相连
敲出木鱼之节奏
由松至紧
昼夜思道
心中有禅
禅跃扇中
诗仙填补留白

纨扇仕女臂搁

前世
与你天涯相见
却无法再相念

穿越
你已刻画成绝世仕女
定格在臂搁之上

那竹
便是我的骨

日日
托起你的绿罗裙
夜夜
拂着你的紫罗扇

小叶金星紫檀如意水盂

满目的金星
划过岁月的阡陌

如意
镌刻着世间
多少的不如意

我怀揣着你
急急地赶着夜路
到达
却发现
没有一盏留守的灯火

白白的月光下
只有我依着你的影子
矗立

我蘸满你的琼浆
书写
春秋大梦
旷世奇缘

醒来
却是无语
黯然神伤

不知你由何而来
又去往何处
没有人可以真正拥有你

我们把玩着你

你把玩我们的人生

料胎画珐琅水盂

一杯苦茶
两脉琴弦
几缕散落的思绪

孤灯下
被掏空了心事的
浮华

枯坐似水流年
无法追忆

杂木笔筒

不知道
你是什么材质
肯定不名贵

或许是老家的槐木吧
再普通不过

与我不离形影

每当槐花落子的时候
我都会遇到
一个相同的梦境

这个梦里
都会有一个老人
讲述

同样一个
没有结局的故事

结局在烟雨里飘荡

在槐花落子的时候
又陷入了
一个梦境
并为此
付出一生

紫 砂 壶

——无法流传的故事

二十年前
无意的偶得
如今
却成为一种暗伤

夜
静极了

只听到

紫砂的坠落

心
就碎了一地

隐忍的痛
灼伤
最后的情感

泪水都化作了
乙未的霜

附着在大地之上

手抚碎玉
心寒到了
谷底

天 章 墨

我嗅到了你的馨香
幽幽
绵长

"天章"古墨
穿越时空
怀抱一滴
赶了三个世纪的
青泪

时间就此静止

我无法将你研磨

白纸的浅薄
承载不了

你骄傲的脊梁

摩挲着你

你在我的指尖
绽放

有一种别离

——与一枚古砚的失之交臂

有一种别离
相念
只能寄托在云端

有一种别离
相见
只惊鸿一瞥
美好
就驻扎在心田

有一种别离
是一边一个人
在人群后的悲戚
无法言语

另一边的一个物
流浪人间
独自落寂

有一种别离
是一见钟情
却没有紧紧把你攥在
指尖

孤灯远影

光阴改变了一切
却稀释不了我的惦念

黄了银杏
白了发际
湿了衣衫

有一种别离
是知道你的传说
却无法再相见

咏　砚

有砚在手，
堪比良友。
晤之不寐，
情思悠悠。

有砚在室，
研之涤之。
新词旧墨，
留我痕迹。

有砚在彼，
东风习习。
佳人执之，
动静如诗。

包世臣铭红丝砚

市井漫天红尘，
杜鹃泣血红丝。
世臣学人良幕，
兵农盐漕有济。

范文澜先生曾用砚

　　吴剑杰先生年轻时为范老助手，一日，范老召几位助手于家，谓："你们跟我有年，我今年老体衰，每人可取我用过或收藏的东西二件，以做纪念。"吴老师取一范老平时用的砚台，取一菜刀。范老说："取砚台可以理解，取菜刀不知为何。"吴老师答："结婚不久，没有菜刀切菜。"范老闻言大笑，说："菜刀不算，还可以再取一件。"吴老师又取一掐丝珐琅书插（范老用以置放友朋书札）。吴老师知道我收藏砚台，将范老用过的这一方砚台转赠于我。该砚为端砚，有蕉叶白、翡翠斑，石质中上。砚肚浮雕"砚田"二字，砚堂雕方田型，砚眉与左右两边浮雕"子孙永宝用"五字，颇有金石味。应为清末民国初年作品。砚盒为榆木质。初得此砚时，砚与砚盒连为一体，墨胶结不可分离，应是砚长期使用又未及时清洗所致。不时端详此砚，感慨系之。

　　　　砚为田亩可耕作，
　　　　不计劳苦自收获。
　　　　端详子孙永宝砚，
　　　　石斗升合费琢磨。

新红丝砚

耀眼的红
未曾
经历史的打磨

若有若无的细纹
没有
沧桑的年轮

莫怪我急着问世
是世人不再耐心等待我
休养生息后的
绝伦
如森林的背影

第一历史档案馆

不慕青云不坐禅，
闲来重踏一史馆。
一剪浮云随风去，
西华门内可耕田。

西安长安街

春的芬芳
夏的张狂
冬的凄凉

没有秋
历史已经收获过了

唐都褪去浮华

欢愉浸没了忧伤

在西向的长安街上
远远地眺望
玄奘背影

菩提还在
禅在何方

上　郡

上郡就是榆林
也曾称作延绥镇

伫立古堡
眺望

夕阳下
谁在牧马

随风而逝

羌笛释放了
忧伤

自古唯见残阳血

不见浣女泪

历史
寂寥无声

曾 侯 乙

曾侯
曾侯乙
或者
曾侯丙

当年
肯定辉煌过
汉东之国随为大
由于史家的过错
曾侯消失了
典籍中没有曾国

1978 年深秋
随州
擂鼓墩
一次偶然的施工

一次偶然的发掘
埋葬三千年的曾侯乙
现身
引来惊叹一片
以及种种迷惑

一位不见史承的曾侯
一个疆域不广的曾国
竟然有如此精美的青铜器
竟然有如此奢侈的陪葬
竟然如此僭越

或许
是别人僭越了他

历史有太多的偶然
历史有瞬间的定格

发现与否
并不影响存在
如同
曾侯乙

你在历史里发现了他
但你不知道他的历史

曾侯乙
留下一个谜
留下一段传说

古均州沧浪亭凭吊

　　沧浪亭遗迹较为著名者有三处，均始建于北宋，一为咸平年间的均州沧浪亭，二为庆历年间的苏州沧浪亭，三为元丰年间的阳新沧浪亭。均州、阳新均为湖北境，名不显，以苏州沧浪亭为世人所知。然按照《禹贡》《水经》等典籍的记载，沧浪洲以及沧浪之水，均在今丹江口市（古均州）境内，故这里的沧浪亭也就别有意味。历史上有大禹到沧浪治水，孔子到沧浪闻孺子歌，屈原到沧浪与渔父歌的记载，文化积淀颇为深厚。

　　　　沧浪之水清与浊，
　　　　且听春秋小儿歌。
　　　　传统湮没随风去，
　　　　修身养性从头说。

过 京 口

京口千年为要冲，
六朝唐宋到明清。
康熙乾隆下江南，
不问水师问古董。

康熙南巡问农处

康熙六次下江南，
难比乾隆留大名。
曾问老农官声何，
满朝皆忠有绝称。

姑 苏 行

乙未岁末姑苏行，
潘宅寻梦聚友朋。
滂喜斋藏书千卷，
庭院犹见大盂鼎。

说人说事说文化，
品诗品砚品香茗。
待到来年再相会，
当有笔墨续过庭。

注释：乙未岁末姑苏聚会，参观潘祖荫老宅，并在宅中品茗用餐。王冰兄将《孙过庭书谱研究》未定稿示余与常建华兄，故有"当有笔墨续过庭"之句。

玛雅的蜗牛

闲来看电视，恰逢介绍玛雅遗址，玛雅遗址有许多蜗牛化石。

玛雅的那只蜗牛
在 7000 年前沉睡
不是为了寻找
而是为了等待
遗落在远古的
那束文明之光

珞珈之冬

珞珈的冬天也是如此鲜活
毛竹生生
巧雀盈盈
香樟伟岸
东湖涟涟
就连樱树上
草坪间
轻着的晨霜
也在朝阳下闪烁跳跃着

些许枯败的茅草努力挺直了腰身
无意间散落的红豆
在密林中星星点点
如同
无法捡拾的记忆

回想
多少个冬日
年少的我
成人的我
急走在珞珈蜿蜒的小径上
穿梭于武大神圣的人文殿堂里
却无暇
深吸
你冬日里半缕月桂的余香
轻抚
傲然独放的无名之花
丈量
梦想与现实的距离

是梧桐上栖息的一只青鸟
是枫树上熟透的一枚红叶
是樱顶上旺盛的一抹青青草
是腰间环绕的一株常青藤
是传统脉络里的一条经纬线

驻足珞珈的冬日
感悟亘古不变的国学之风

冬日东湖漫步

白天忙来忙去，
夜深看点史书。
偶尔喝些小酒，
半是清醒糊涂。
岁末偷得小闲，
东湖深处漫步。
鸟语花香不再，
萧瑟黄叶老树。
零零落落碑刻，
三三两两石屋。
喧嚣噪音隐去，
思想归于虚无。
如此便是安好，
管他草木荣枯。

迎新茶话会

　　岁末，依惯例，湖北省各界人士 2015 年迎新茶话会在东湖梅岭礼堂举行，清茶一杯，歌舞数曲。

长江东去，
岁月如流。
和风轻抚，
腊梅添寿。
梅岭礼堂，
各届聚首。
清茶一杯，
绵绵醇酒。
器乐歌舞，
情谊悠悠。

东湖梅岭，
亦为胜景。

楚风汉韵，
水秀林青。
开国领袖，
多所钟情。
借此迎新，
似有传承。
群贤毕至，
钟磬和鸣。

新年寄语

不该说的话不可再说
风过云走
不会留下什么痕迹

该做的事一定要做
人生不可如流沙
风过痕迹全无

该走的路一定要走
无限的精彩
都隐匿在泥泞的征途中

春天
在阳光下种一颗太阳花吧
许下最重要的愿望
像小时候那样

夏天
就去淋一场大雨吧
看一看这个世界是多么的模糊不清

秋天
把果实都送给别人吧
收获别样的收获

冬天
到太阳直射的地方
在海鸥盘旋的上空
写下
"存在是多么的美好"

今夜不忍独醉

今年的最后一夜
寒风四起
冬意最浓
忽然想起小时候的炉火

每每从梦中醒来
通红通红
炉中还溢出白天烤红薯的清香
踢开被子也不用管的
妈妈会轻轻盖上
或许还会在额头亲上一口

那晚的梦会比烤红薯还香甜
2015 年的最后一天
一杯红酒
是童年的回忆
不忍独饮

我与庄子的对话

我问
为何难以梦蝶
子曰
汝不忘我
何以梦蝶

我问
为何难以入世
子曰
汝乃鹓雏
却生于鸱之中
君意梧桐
奈何他人护腐肉而诋毁乎

我问

为何吾独悲乎

子曰

观鱼之乐

非鱼

他人观之

汝亦鱼也

我问

何以自保

子曰

处乎材与不材之间

我问

何以解除抑郁

子曰

不可自己束缚自己

士有道德不可体现

是时事之悲

而非汝之悲

我问

面若槁木

心若死灰

奈何

子曰

自我于天地间吸取精气

放弃自我便无药可救

如果梦想终究没有实现

如果
梦想终究没有实现
就让我们在行走的路上
送别
渐行渐远的哀伤

如果
梦想终究没有实现
就让我们在寻找的清晨
采撷一枚朝露
注视他在阳光里飞翔
在雾霭里遁形

如果
梦想终究没有实现

就让我们成为暮色中的
一粒尘埃
怀揣着
荡涤浮华的理想

我为什么要远离

我不得不远离
因为我无法
将人格抛弃
将尊严埋葬
戴上未知的面具

我不得不远离
因为我无法
忍受如梦般的呓语
赤子的哭泣

我不得不远离
因为我无法
在这样的环境里
同呼吸

我原本就是
一粒孤独的种子
却选错了土壤
竟奢望
在错误的土壤里
愉快地生长

胡杨之眠

我的屋前
有一株胡杨

她总是在暮春
才懒懒地醒来

初生的棱角叶子
后来变为平圆

在仲秋
就急急地睡去

眠
也许太早
是抵御寒冬的本能

眠
也讲述了
五千年不朽传说

不想醒来

不想醒来
不是留恋
昨夜的梦境

而是
无法面对
醒来的狰狞

珞 珈 山

清晨
被你的巧鸟儿唤醒
我才知道自己
又找回了梦境

在你的怀中
舒展出往昔
樱花的徜徉
月桂的弥香
不觉泪意涟涟

珞珈山
唯你知道
我浮华背后的伤痕
是多么惨烈

嬉笑里
跟随的是一个怎样孤独的影子
我想呐喊
声音在你的臂窝里却成了哑然

如果你是 2015 大寒里的歌者

如果
你是 2015 大寒里的
歌者

就不要
抱怨北风的肆虐无情

如果
你是 2015 大寒里的
歌者

就不要费神去听
冬眠蝼蚁的
闲言碎语

如果

你是 2015 大寒里的
歌者

扬发赤足
迎着西风
如屈子一般

怒吼

即使汨罗江干枯了
最后一滴清泪

也不要
低下
高贵的头颅
弯曲
铮铮傲骨

放眼望去
飞雪已化作流苏

细细聆听
东风在天寒地冻中

正脉脉地重生

留一颗孤独的心
蛰伏在冷的极限